罗玉珍 著

等一朵花开

高长梅 尹利华 主编

青春的述说·90后校园文学精品选

九州出版社 JIUZHOUPRESS 全国百佳图书出版单位

图书在版编目（CIP）数据

等一朵花开/罗玉珍著. —北京：九州出版社, 2014.3（2021.7重印）

（青春的述说：90后校园文学精品选 / 高长梅, 尹利华主编）

ISBN 978-7-5108-2763-1

Ⅰ.①等… Ⅱ.①罗… Ⅲ.①诗集 - 中国 - 当代 Ⅳ.①I227

中国版本图书馆CIP数据核字（2014）第041879号

等一朵花开

作　　者　罗玉珍　著
出版发行　九州出版社
地　　址　北京市西城区阜外大街甲35号（100037）
发行电话　（010）68992190/3/5/6
网　　址　www.jiuzhoupress.com
电子信箱　jiuzhou@jiuzhoupress.com
印　　刷　北京一鑫印务有限责任公司
开　　本　710毫米×1000毫米　16开
印　　张　10
字　　数　154千字
版　　次　2014年5月第1版
印　　次　2021年7月第5次印刷
书　　号　ISBN 978-7-5108-2763-1
定　　价　32.00元

前言

随着中小学课程改革的进一步深入，我们欣喜地看到，许多学校的校长、教师对校园文学与课程建设、学校文化建设紧密关系的认识，上升到前所未有的高度。

有识之士认为，校园文学对于学生完善自我、陶冶心灵、挖掘情商、启迪智慧，培养想象力和创新精神，具有其他教育形式不可替代的作用。作为学校教育重要形式和载体的校园文学，在学校的课程中得到了充分体现，占有了一席之地。

我们更欣喜地看到，许多学校在校园文学作品进入阅读教材、校园文学创作融入写作教学等方面做了大量行之有效的探索。他们认为，阅读教材中引进校园文学作品，使阅读教学内容更加丰富、新颖，贴近学生的生活、思想和鉴赏兴趣。紧密联系校内外各种实践活动，创造契机，搭建平台，让学生适当进行课外的文学创作，使课内外写作结合，促进了写作教学改革。

正如《第三届全国校园文学研究高峰论坛宣言》所说的那样：校园文学走进课程，是语文学科建设和改革的重要抓手，有助于学生综合素质的培养、语文教学效率的提高、语文教师专业化水平的提升以及整个语文学科的改革发展。

这套10本校园文学作品集，作者都是90后，他们的生活、他们的思想、他们的情感，与现在的90后乃至00后读者是相通的。我们相信，这些作品会和这些读者产生共鸣，从而达到我们出版这套书的目的——为读者提供一套他们真正感兴趣的、接地气的作品。

目录

第一辑 意象·透明荆棘

当我寂静的时候 002
荆棘之花 003
边缘 004
或梦呓，或呐喊 005
透明桂冠 006
原谅我…… 007
缓慢 008
我路过冬天时万物无声 009
夜半围城 010
石心 011
忍住 012
你知道，你明白 013
他走的时候 014
我即是我的回声 015
逃不出我的掌心 016
瞬间回归 018
那么多的花 019
解语花 020
万物无心 021
不可言说 022
与一片绿叶有缘 023
借还 024
一生 025
白色，白色 026

目录

第二辑　自白·忧郁的短歌

028 多么乐观
029 轻信
030 最初的梦想
031 无端
032 近视
033 记得
034 夜车
035 逃离
036 夜的墙壁
037 清明
038 天生容易得罪人
039 时间的奴才
040 波澜
041 打破一只碗
042 瘸子
043 鱼刺
044 零余者
045 谎话
046 疯狗
047 太快
048 试试下一句
049 你的沉默
050 从开始到现在
051 我不喜欢笑
052 彻黑
053 不准
054 光之矛盾
055 烛泪
056 言与心

第三辑 现实·黑白命运电影

亲切的乌鸦 058
一朵花拒绝开放 060
黑白命运电影 061
一颗果子离开了大树 062
正午的梦魇 063
句号 064
那个孩子 065
读心术 066
追究 067
最后一面 068
不可企及的梦 070
暴雨来袭 072
越走越远 074
影子 075
露珠 076
我不需要任何人的指引 077
局外人 078
牺牲 079
如果我明白 080
不要打扰我 081
肺气肿 082
惋惜之花 083
害怕自己 084
静的声音 085
天国之花 086
迫切向往的生 088

目录

第四辑 情怀·清澈少年

090 少年芒刺
091 向阳花
092 栀子香
093 原谅我早已忘记
094 必要时我也能放弃
095 每年的三月都一样
096 一片落叶钻进我家
097 只有在你眼里
098 遇见紫藤萝
099 白色芦苇花
100 海子，春天来了
102 秋天的童话
103 秋天一过
104 等一朵花开
105 不要逼我说出那些忧伤
106 春天的落叶
107 空白的解释
108 雪之女王
109 那不是秘密
110 我常常突然想笑
111 血落下来
112 一个人躲在浴室里哭
113 小罗曼蒂克
114 远方
115 晚秋
116 绣花

第五辑　梦·伟大的独泣

118 锋
119 你是不是诗人
120 太阳的新娘
122 三生石
123 我独自一人
124 一朵花在水中盛开
125 榨干你的眼泪
126 渐渐地我不再害怕痛
128 天鹅不孤独
129 原谅的无端的哭泣
130 很冷
131 风碑
132 伟大的独泣
134 空虚者

目录

第六辑 沉思·每当我寂静

136 秋天的大街
137 别喊我
138 李斯特的旋律
139 狗尾巴花
140 黑夜是个什么东西
141 我不是合格的词语建筑师
142 爸爸，不要担心我
144 为何
145 该如何表达我的内心
146 静秋
147 透明
148 我想成为花木兰

第一辑

意象·透明荆棘

当我寂静的时候

巨大的星空让人迷路
而方向早已背离了航线
继续疯狂的沉思，所有人绕道而行
但隐藏真知的地方总有人路过
这安详载满悲凉的睡意

一个人，不愿跟随流水，不愿哭
我脚尖下榻的地方
必是柔软的草香

你不要逼问接近绝望的沉默
因果追随着它的道理

当我寂静的时候
万物自行消灭了
它们的风声

荆棘之花

美　总是带着刺
糖衣般的梦想也是如此
那刺　是远处的箭
暗处的子弹
等着让你在光芒里付出代价

越美　越是匕首的女儿
将幻梦扎进感官里
让你疼痛却哑口无言

血一般的红　试图吞咽你
火的热情和向往
可以爱到死吗？可以虔诚吗？
要碰吗？要为之倾注一生吗？
一句诗让你失去血色

这美好深不见底
你沿着真理的道路往前走
遍体鳞伤

没有尽头

边缘

每一趟路过的秋风
都载着巨大的倾诉
用什么
才能诠释这空白的意义

一切触不到的
都让我迫切向往
每遇到一阵风
我都想喊出自己的名字
为什么站在大地边缘的人
承受的
总是命运最核心的孤独

不需要狂风就已绊倒脆弱
世界首先刺伤我
我才会长出坚硬的壳

然而心　我谁也听不到的心
她存活于风里
将毕生的柔软
交给了未知的秘密

或梦呓，或呐喊

言谈埋入荒草
风太冷　我不想说话
一个季节的欲望全被刮走
裹紧衣物如机器
在城市的脊背爬行

太冷了　我所有的话差不多
一半烂死肠中　一半溺死眼眶

板着脸的秋风　像我蒙着大雾的眼
冰冷见缝插针
绝望之歌呼啸而过
秋天与我　都被封口

叫他哑巴
叫我　沉默者
不要说话
不要说话

透明桂冠

——致菲利普·拉金

你如此坦率　星光草垛下
祈求错杀生灵的谅解
疼痛或喜悦　清一色平静地展开
背影远去已久，虔诚的供奉还是无法断绝
你滚落的词语如教堂的念诵
慰藉的是普世的爱

说着失败　如同真知谈论彼岸之花
一切苦涩都如此“破烂不堪”
平静、淡，笃定加上疼痛
构成你黑白却华丽的“盛年”

多么平易啊　词语之国城门大开
你说　“都进来吧　看我是怎样地活着”
一半的诗人都该汗颜
你跟随心的言辞在风中起舞

站在所有人看不见的地方
你看清了一切真相
因为真　你将永生
如透明桂冠永不褪色

原谅我……

我没有时间想那么多
没有时间
分析前因后果
如果你要走就千万不要回头
去越远的地方越需要决绝
如果你还相信
就杀死所有不信任
我固执己见
是风的孩子
原谅我对这世界抱有天真的热情
如果苍鹰不死　就请你
原谅我夜夜做着飞天的梦

缓慢

当目光收容了闪电而无惊悸
刀剑稳停于蛛网之上
你也该收起　内心忙于挣脱的雷
一切都要慢下来
关掉你冲锋的闸门

这时候天空才会是蓝的
云朵很低　风很慢
你看得见一切隐蔽的生灵
看得见飞鸟翅动的频率

时空寂静　脚步被压制
忽略的爱意浮出水面
你全身长满耳目　洞察身心
世事变得如此清晰　麻木渐渐苏醒
你变得深沉　不断捡起遗忘
并在风景里陷入忏悔

而上苍
正忙着打扫你匆乱的脚印
前路变得越发清晰

我路过冬天时万物无声

我来过　不知道方向的风来过
天空巧妙地躲过穷人的眼
我避开了巫婆和算命先生的预言

这个岛城有着稀贵的澄净
寒冷有刀子的锋芒还有眼泪的咸
一个人的时候忍受发呆的寂静

我路过冬天时万物无声
内心的咆哮在海面起风
无数的海鸥扑打着起伏的命运

……下雪了
一只船即将靠岸

夜半围城

都睡了　一种随时会被攻陷的
零防备的安详

天空耷拉着眼皮　月光静止
时钟如同城市跳动的肺叶
空气咕咕作响
等待闻鸡起舞的野心咕咕作响

屏住的呼吸在寂静里结冰
破碎是我失眠的纠结

无人在辗转中迷路
近处的清晰成为赤裸
我的梦这样孤独

不需解释
当黑暗撒下细密的网
我白色的清醒　空漏
且如此多余

石心

最好是　保持绝对的安静
如墓前的青柏　沉默
淡定得炉火纯青

还要盗走所有的萤火　习惯于黑
调匀呼吸　冥想中踏入烟火
放开你扼住手腕的野心
解开绳索　为固执松绑

你会在一场惊吓中虚脱
风的心跳让你回归本真
剔除生锈的铁的思绪
锋芒显露暖色

以水之韧　刺穿你心的石头
原来透明藏于天真
抽取石心的闪电
你的笑原来也能
如此柔软

忍住

忍住狂飙的生长
忍住委屈的咆哮
忍住风声
忍住蝴蝶的打扰
忍住锋芒长出的荆棘
忍住胸腔的风暴
忍住闪电　忍住惊雷
忍住急于挣脱的寂寞
将一只玻璃杯罩住莲花
你在透明中打坐
疼痛掐灭于指尖

闭上眼睛
世界一片安宁

你知道，你明白

你明白的，你都知道
粉桃之妖魅白梨之清纯
都曾在你笔下盛开
你知道一切来临与告别
你明白乌云降落的预兆
你清楚一叶剑兰就能割出我的眼泪
你知道如何选择毁灭才可以重生
你明白麋鹿之香为何经久不散
你知道我眼中时常倾泻瀑布
你明白神谕为何落满丁香
你知道群鸟喑哑的缘由
你明白大地沉默之音
你知道的　你是诗人
你的心就是墓冢你的心就是深渊
你的心就是狂风你的心就是桃源
我明白你为何流泪　你的心
就是一切真知的答案

他走的时候

他走的时候　万物都在说话
狂风等着收拾大地
黄色雪花覆盖了秋天
大树脱下冠礼

他走的时候
眼神在窗户上眺望
孤独的船催促他
明天是个空洞
孙儿还在远方

带不走一颗果实
就要一个人　回到泥土
他想起来春还会发芽
便向着太阳低下头
祈求后代的繁盛

然后天黑了
他融于永恒的夜
堂前两根蜡烛
成就他最后的焰火

我即是我的回声

不可复制
不可钉死于悬崖峭壁
不可模拟
我喊出长长一声波涛
在击落零碎的落叶之后
被礁石挡回　还原为我

覆水可收　如回音不可偷走
万物作用于我　如倾心的反馈
我对悉收的磅礴做出回应
如太阳下手掌的倒影

所有因果逃不出干系
没有谁能阻挡丹田的呐喊
我沉默不语　用气场说话

没人看见我翕动的嘴唇
但空气早已传递了我
浩瀚的真心

逃不出我的掌心

你逃不出我的掌心
逃不出　我坚硬的词语
我精心布置的庞大的意象

我要你迷路
在我的指引下屈服
听命我全部的派遣和预设的圈套

再为你画地为牢
为你制造分裂和挣扎
营造苦难或忧心
赐予你天下无双的自豪和灵敏
为你的复杂排列忠诚的队伍

我在沉默中酝酿这一切
一下手将所向无敌
决定前就已运筹帷幄
在变色的风云中看见未来

百舸争流 笔下生风如骏马神蹄
所有的狂风吹向我指引的方向
天地布满我撒下的网

万物乾坤都掌握在我手中
而你　将避开传说
成为我下一个奇迹

你逃不出我的掌心
这是既定的宿命
一旦我决定
写下你

瞬间回归

不会说话的人，你知道真相
死让你探明了一切
一道光抹杀了生前也打开了你的双眼

你站在幕后，暗处比明初有利
但急迫让你开不了口
黑　是多么强悍的颜色
明白得越多越危险，是知识让你沉重

拔落额上脆弱的发丝，你随真理渐渐老去
总有一天你看得无比清楚
真相如回光返照，瞬间透露天机

而你脚步愈发蹒跚，接近原初的慢
都回到了原点，从老年慢慢回到了
出生之前

那么多的花

红——真红
怎么红得像血
怎么红得这么刺眼　惊骇——
像喷薄的鲜血一朵　盛开于黑暗之天

其实　天那么黑
红　就不需要那么大方
再红　也只是一瞬间
不合时宜的刺目

然而她不管不顾　恨不能在丧白的葬礼上
抢一抢风头　遍地的花朵　都在起哄
我已经习惯了目不斜视云淡风轻
在热闹里久睡不醒

花开了　遍地都是
却没有一朵是我的
我躺在青草地上看着天空
成就旷达的风景

解语花

我生来　不爱说话
你磅礴的爱
未能掳走我一朵回应的浪花
原谅我　只能看着你
你额上的白云　眉间的闪电
和　胸怀的风暴
你有千言堵在喉咙
因着我手持一支
宣读自白的花朵
这单薄的信使
替我传达喑哑的宿命
你终于习惯了
陪我在沸腾中保持缄默
你眼里写满诗句
像解语花瓣
胜过千言万语

万物无心

我如此懵懂，明白得太迟
过去　我怪罪过太多人

他们都是无心的　无心伤害我
无心别离　无心责备
无心让眼眶　溢出邪恶

授之我通窍的　黑夜的神父
最终跟随白云的脚步远去
月光下打开心事　热泪盈眶
手指颤抖　收起全部野心和仇恨
风的催促无济于事

一切都不重要了　回忆缓慢
眉头皱出舒展的山川，洞穿世事
云淡风轻　印堂发亮

他说　“孩子，不要恨，不要愤怒。
万物无心，你眼神抓住的唯一的箭靶
就是自己……”

不可言说

这是一场　无法解释的梦魇
而在诗的掌中　无法解释的
永远是对的

一切的未知将我抛向远方
最终还将弃之
我的命　不比一片雪花强大
爱诗的人　被措辞绑架
在丢失的灵感中懊悔
疯狂亦是强求

我无法对饮漫天雪花
无法用情怀喷出参天的火苗
只能在芳香中打坐修炼

不可言说　我孤独之焰
正饕餮绝望之河
危险在烂漫中盛开
都是我难于捕捉的
未知的烽火

与一片绿叶有缘

一片翠色欲滴
鲜嫩可爱的叶　从天而降
顺着我的笔杆　落在书本上
绿得发光的肌肤上　有细密的纹理
像沧桑之额的皱纹
——地球仪上有致的经纬线

我对着它　看了很久
像凝视出生婴儿的脸
谛听它微弱均匀的呼吸
叶脉　那么清晰有力
大峡谷的线条　横亘在那里
错综的细纹　人类的手掌
生命线　事业线　感情线
一叶的命运　全在上面

让我　做一回算命先生
我断定　这叶的前生
是个　早逝的诗人

借还

这一生　多漫长的抒写
谁都想竭尽全力奔赴完美
命运不止一次将我撕碎
再用威严　逼迫我把所有伤口长回去

我健康诚实　感激苦难的喂养
无数安宁的时刻觉出了未知的窥探
每次摊开掌心　总能看到一纸契约
纵横的线条像蛛网的束缚

或许早已被人看透　一切皆入命数
我只是我的母体从上天借来的　白纸
写满后　一切终将回去　都是一首诗吗
包括我还未成熟的使命

此生心碎过无数次　却没认真写过一个字
为此　我的脊梁总在夜里发凉
他说　以赤子之身来到人世是多么不易
回去时务必完好无缺
务必干净纯洁

一生

朱门与瘦骨
分别领取了鲜花与匕首
贫穷挤压着贫穷　富足溢出了富

从一无所有到一无所有
就是诠释返璞归真的哲理

终要回去的
眼睛会在夕阳下变成红色
泪水会哀伤苦难和不公

在只给予一次的生的机会里
我们却要战胜
很多次的生不如死

白色，白色

不要给我一座花园
我已有　王国一个
给我一朵　白色的小花
初春　刚刚绽放的那种
白得纯粹　无邪的那种
白得像我现今的生命
天真的那种

只要　白色一朵
就能代表你全部的爱
我全部　爱的愿景
那样的纯洁　清澈
在战火里也能打动青鸟
为我护卫爱的旅程

记得啊　白色的　我
只要白色　如能遇见那样的
在白色小花纯洁的背景里
一生的爱　水一样透明
雏菊的香气般　爱得恬静
允许我在那透明里　灿烂地笑一个

来吧　为我画一张　白色的油画
在白色背景里　我想成为
纯白的风景

第二辑

自白·忧郁的短歌

多么乐观

吃着泡菜泡面感激美好生活
在苦不堪言的时候放声高歌
握住荆棘喝莲心茶　赤脚在荒原上跳舞
快要哭的时候用力笑得灿若莲花
啊　我多么乐观我实在太乐观了
我的乐观已经炉火纯青游刃有余
天黑了一切都离开
我梦见自己在人群中大声哭泣

轻信

我被包围　毫无预料
无数个指引在视线内展开
某些见解让我心生怀疑
绝不能随便
用无数的方法活着
我只跟随我的内心
像草叶包围露珠
我只用我的青翠
包围透明

最初的梦想

别拦我
我就是要这样
固执地走下去
忧伤地走下去
目中无人地走下去
走到最后一滴血凝固
走到命运的坟头长满枯草

无端

我就知道不会无端地
认识一个人
每一场相遇
自有他的道理
比如与你相遇
就是为了分离
然而这也是上帝给我的说法
早知道
没有一件事
是无端的
就像我不会无端地
出现在这里

近视

开始我还以为
我从此可以看不清这个世界
从此可以眼不见为净
可是我发现我近视得越厉害
便看得越清楚
我再也不敢诅咒自己瞎掉
我害怕什么也看不见
会让我的心会长出
更多眼睛

记得

我总是喜欢在诡异的时候出现
在混乱的时候出现
在所有人熟睡的时候出现
那个时候　最适合偷袭
最适合傻笑　最适合自言自语
最容易　看见真正的自己
记起来
原来自己还活着

夜车

我在这里安歇　在这里
睡下　在这里做梦
在这里　打发黑夜
除了风　没有谁说话
没有谁奔逃
我被黑夜挟持
火车带我梦游
一夜未动
噩梦醒在了陌生之处

逃离

无处可躲
心还未老　而藏身之处已死
门扉虚掩　南山悠然
回忆惊落斑驳
红尘绿草埋入烟尘
年轻拍打成宿命流离
愁云惨淡　秋之立谙风瑟瑟
我心依旧　而向往之地愈远
不能再等了　我要连夜奔逃　带着
我草纸般素薄的行囊
在乌鸦的翅膀下　携露珠扫荡黎明
爱绊倒我的行程　但脚印固执
我定要逃离这里
这物是人非的
是非之地

夜的墙壁

被漆过的
乌黑宽大的墙
分割着宇宙
却　混沌了生灵的栖息
无数个　也是一个
无边的夜晚
装满未知
从此巨大的空茫
逼迫我
学会面壁思过

清明

两袖清风
跪于你的坟头
你生死清贫
一生在清澈里潜游
生于青山绿水
居旁杨柳清风
食清汤挂面清粥素食
做亲民之事亲力亲为
一世清清楚楚
一生明明白白
如今
你的名字变成你的节日
所有的祭奠都是对你的祭奠
天地可鉴
来生你还做个青天大老爷

天生容易得罪人

我天生不爱讨好别人
首先不讨好自己
我天生容易得罪别人
首先就得罪自己
我首先把所有阿谀都给了强悍的真理
首先把所有的奉承都屈身给了诗句
可我努力靠近的全都如此冷漠
我所拒绝的全都疯狂爱着我
这世界多么矛盾我是多么愚蠢
然而站在真正的愚蠢面前
我被刺伤的心是多么大方多么纯粹

时间的奴才

数着皱纹的波涛，
一批批人被拍死于沙滩，
在命运面前，
我们全做了时间的奴才。

波澜

风打碎湖面
波光却铺满浅笑
谁来打动我
推开爱郁结的波澜
心的门扉未锁
求你路过
那是不留痕迹的爱
如诗句清澈见底
你是风
我是你湖心打碎的酒窝

打破一只碗

用残忍孕育的花朵
如这——
在一声脆响中破蕊
而后遍地惨白
碎片折射冰鳞之光
于低视中找回意识
而魂魄飞远
一息空茫在脑海里荡漾
千只雀鸟惊飞
去了的　永不回来
碎片的来生
依旧是碎片

瘸子

不小心
搬起石头砸中自己的脚
做了三五天瘸子
生命变得安分
原来倾斜的世界那么碍眼
我一瘸一拐
走过面前貌似平整的路
快慢无足轻重
脚印踏实
现在我健步如飞
世界在脚下
反而布满了陷阱

鱼刺

一边吃　一边吐
这可笑的　驱赶饥饿的游戏
吃一条鱼　像在做一道算数
抽丝剥茧　却不能气定神闲
我吃得很不安心　时刻怕被噎死
这恶毒的家伙　下了锅还不忘报仇
活该我喜欢吃鱼
嘴上叼着一块鱼肉
不是我在制裁它
是它在　制裁我

零余者

前方悬崖峭壁
后方草木凋零
没处可去　我只好就地驻扎
清点行囊　除去梦我一无所有
黑夜里我的梦跟月亮飞了
我只剩我自己
自己不认识的自己
除去所有　我是一无所有
减去零　我剩下的
依然是个零

谎话

我也被逼着　说过很多假话
千万别说我无耻
那是我　流着眼泪
去画圆命运的棱角

疯狗

每一条疯狗　都有它不为人知的　悲伤
无人理解的苦衷　藏在沸腾的血液里
与眼泪融化　自我消解
我善于分析他人的软肋　但
从不揭人伤疤
缺德的人整天嚎叫　挥着得来的　鸡毛
发泄庸俗的怒气
疯狗的喊叫是忧伤的　是
命运的回声　比起嚎叫的世人
我更喜欢　疯狗　至少它咬我的时候
不像个奴才

太快

我活得太快了
吃饭快看书快写字快
说话快走路快做事快
我知道总有一天　我的一切都会变慢
最后慢到停止
为了不让那天来得太快
我要学会慢
太快了　我怕心脏跟不上
哪天我跑着跑着　飞快地跑着
然后心跳越来越慢　慢到停止
我就永远停在那　最后一次的快
活着　千万不要急
不要太快了　也许
活得越快　死得越快

试试下一句

我被迫　平等地爱上
自己写下的每一句诗
唯有爱　能让我
成就下一句
人的野心造就了世界
未知有子弹般逼迫的力量
某些折磨
最终让你千恩万谢
这世上总有一条路逼你往前走

你的沉默

什么也打不开你的沉默
唯有我的眼睛　你的诗句
和　命运的垂恩
容易撬开的嘴　总是吐出
最不值钱的东西
我在你忧伤的眉角　看到
黎明升起的太阳
你是不说话的　笼罩一切的光明
起风了　你的沉默
是万顷诗言

从开始到现在

从开始到现在
我短暂的往生
还没有发出任何声响
我在世界的外围窥看人世
没有物是人非没有沧海桑田
一张白纸继续白
一地芳草继续香
所幸我还是我
我还没有死去过
那我才能够继续
走向更深的我
不用杀死过去
造一个附庸的我

我不喜欢笑

我不喜欢笑
许多真正的可笑
没法让我笑出来
更多的笑　只会让我的脸抽筋
那或许是敷衍　毫无办法
如果真的想笑
一定要大笑狂笑
冷笑　奸笑　媚笑　傻笑　疯笑
没有一个笑
不让人起鸡皮疙瘩
当然　更没有一个笑
本身是邪恶的

彻黑

我喜欢黑
全部的黑　纯粹的黑　彻底的黑
比起过于清晰的光明　　比起某些白
某些模棱两可的白　某些口是心非的白
某些不清不楚的白　某些笑里藏刀的白
比起那　不黑不白的　灰
黑　更让人安全　更让人看得清楚
我的心是盲人的世界
成天在黑夜里行走
靠的不是眼睛
是直觉

不准

我的预感总是特别准
准到　令自己害怕
我预准了许多未知
却永远预知不了自己
像触摸一棵参天的大树
我洞悉了全部枝叶的秘密
却永远打探不到　树的中心
那心
是玄奥的空
是我　真正的自己

光之矛盾

我那么热爱太阳
同时惧怕它
热爱焰火外的光明
惧怕内核的真相
像我爱着自己
却时常憎恶我的惰性
一切的矛盾得不到解决
便日夜厮杀
所以我火一样的生命
必将在自相残杀的焚烧中
奔赴死亡

烛泪

对着你看，同病相怜，
我是黑夜流泪的女儿
你是，光明早产的血，
唯有燃烧自己才能看到光明，
拨开小片的漆黑
我看到你跳动的焰，
命运泪光闪烁
你说　“好孤独啊”
黑暗彻骨，焚灭你的心脏
多安静的告别——
世界开满肃穆之花

言与心

当一切真相被掩埋
两片嘴唇开始主宰世界
言辞的风雨为所欲为
世界成为谎言
谎言成为宣判
宣判成就了造反
我希望全世界都是哑巴
我们都不说话
我们只用心交往

第二辑

现实·黑白命运电影

亲切的乌鸦

这不祥的鸟　此刻　像我造反的心
在世界的排斥中自得其乐
每一声乖张的嘶吼　都像阴谋的诅咒

我一生都要秉承的固执　就是和平庸对抗
再将虚伪的假话扼死　躲在没人的地方冷笑
看无聊的俗子掀一场惊恐和畏惧

不黑不白的人就会害怕乌鸦
做贼心虚的人更怕乌鸦
怕末日般正义的预示

亲切的乌鸦　纯白之鸽的孪生兄弟
血的颜色是肃穆朝阳　在缺失光明的宿命里
黑暗　更像慈祥的亲人

我做了太多的梦　在饱腻虚幻的甜蜜里爱上了黑暗
乌鸦多像我沉默的黑马王子　黑夜的卫道士
一个镇定的眼神能杀死所有斑斓的花羽和泡沫
他的拔萃不是因为羽毛　是良心

乌鸦站在高大树干的小枝丫

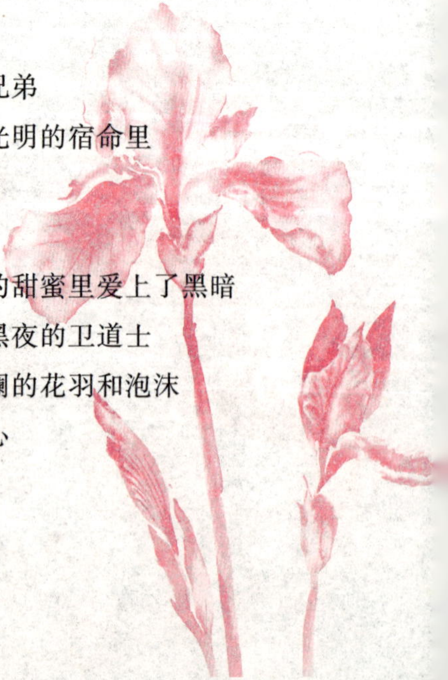

我是白　黑夜也白　他是黑　白天也黑
我们的对视里　才是最纯粹的世界

在没有灰色的孤独里　我要和乌鸦做知己
等一个爱屋及乌的人
陪我老去

一朵花拒绝开放

一朵花拒绝开放　原因不明
她拒绝在浑浊里　出卖色相
这份拒绝　要通过乌烟瘴气的水土
还有风、群体、大气的允许
没有谁理睬这贞洁的协议

没有任何赞许、同情
所有人如视怪胎
斑斓的花瓣和粉蝶　暧昧地耳语
睥睨的目光充满怀疑

所有人狂欢在同流合污
却要对孤傲赶尽杀绝
在庸俗的花香里　这朵花含苞枯死

纤细的花枝没有弯曲
干枯的花瓣更多干净
没有腐烂　没有蔫败
她击溃了一地的黄花
也粉碎了人间的谎话

某些生的清白
只有死后才能证明

黑白命运电影

没有色彩　一切都冷眼处之
你是过于冷静的　旁观者
变态的主宰

我足够勤奋　沉思昼夜不息
而用希求衔来的，唯有你严厉的锋眸
用脆弱的骨头摩擦生热
你却装聋作哑视而不见

梦里你说　要成为最孤独最强大的孩子
要从褴褛的宿命里抽出　贵傲之魂
我用力拨开的帷幕　却
是你精心设计的障眼的迷雾

孤儿醒来在冰冷的早晨
你站在田野或白云　面无表情
对你的奴隶　你满怀驱使之心
这艰难是满刺的玫瑰

我在烈焰中饮下最后的苦血
而你　潜入黑暗
盗走我的黎明

一颗果子离开了大树

一颗果子离开了大树
是秋风写下的别离
它就那样砸落在我面前
孤独的闷响像一锤定音
从此命运将改道而行

我弯腰捡起它　看不见悲伤
但疼痛定在核内蔓延
几天后果皮腐烂
毕生的眼泪埋入泥土
它将要去完成一次重生
——生命给予的完结的任务

我啊　这是我
被生命推出巢穴
从此承载下落不明的宿命
能有多少把握在自己手里？

无数次我选择自己的活法
却被一阵风刮到未知的远处
我看得见的自己像一枚离开大树的果子
永远在坠落中寻求站立

正午的梦魇

我必须醒来　找回破碎的意识
必须从压迫的抽离中爬出　还原为自己

这是噩梦的沼泽　一旦沉渊必将消散
我必须砸碎这瘫痪
在被植物缠绕的神经里绕开一条生路

这阴影与幻象的联合绞杀
黑暗扼住了我　光的绳索难以挣脱
我依托细微的蠕动而伸展
如岩上之芽　收集经脉之力
每次梦魇都像从鬼门关脱险

最后一次睁开眼　才看见真实
谁在打开我的门
谁在送我　谁在迎接我

一大片金黄花朵在窗前摇摆
一切安然　阳光依旧刺眼
而生命之黑　如此难以击退

句号

突然的刹车　像枪击
震响我死水般的生活
烽火狼烟硝尘四起
我揉揉荒芜的眼角
天快黑了　看不清前面的路

就这样结束了
一个句号　就轻易终止了一切
我的人生　有多少个句号

在符号的命运里　我比蚂蚁渺小
一场一场的梦　醒来
我还枕在春秋的肩头　流泪
我总是追不上年华　追不上变更

又是这样　还没来得及回头看一看
就要拐弯了　我的路要去往哪边
这彷徨　依着哭泣的风　向我投来怜悯

我想重活一次
撕开这凌厉的句号　在圆上劈一刀
用下半生换回过往
补救那些年少轻狂的散惰

那个孩子

我的六奶奶是个苦命癫狂的老人
在老去之前，遭受了命运响亮的巴掌
在我童年的时候她有个可爱的乖孙
总是亲切地喊我姐姐
后来被门口的水井吞没了
三岁的小年纪　捞起来就断气了
那个季节在六奶奶的脑海里全是闪电
每场回忆都是晴天霹雳
从此她动不动就发作
笑声如同暴雷　狂卷八百里落叶
似哭非哭似嚎非嚎听得我背脊骨发凉
我的六爷喜欢赌　打牌总是赢
但每次看见他我就觉得心酸
一个早夭的生命早让他的人生输尽了
那个孩子就葬在屋后的果林里
每次看见六爷弯下腰给果树施肥我就想哭
我总是想起很多年前他最常说的那句话
“乖孙，来，吃饭了，我们的乖孙该吃饭了。”
如今那孩子和果树一样
也该有了十几个年轮
开过无数的花……

读心术

别说倾诉　可怜啊　你的眉毛
都成了我的道具　皱一下　让我掐算出
是正还是负　天晴还是下雨
每三分之一个言行　都能被我
用来解读你复杂多疑的命运和心绪
看乌云下垂　预知厄运的前兆
听窃言耳语　窥测可鄙的野心
我想知道你的一切　真与假
石头一般的好奇　敲碎你
坚硬又脆弱的面具
狡黠的洞听和察觉　将你十面埋伏
恶作剧的试探　见招拆招
四面楚歌的包围　击退你糖衣炮弹的袭击
读　读　读　正眼加余光　视线内地毯式打捞
剖析　分解　提炼
加上冥思苦想和举一反三
读你　做一道高分的练习
物理反应　化学分析　地理综合
几何图形的立体还原　历史事件的三维重演
被跟我说假话　我是在作业堆里长大的好学生
每一个难题我都能找到
精准的答案

追究

如果没有开始　我绝不会去想结局
一只脚踏进命运的偶然
黑浊的水淹没膝盖　我必须追究
这苦难的开端　和　危险的结局

与我无关的一切　都那样自生自灭
烂死在脚跟前　人活着就要思想
可能我关心得太少了

站了那么久不愿倒下
只为一纸清白的证明我是真实的人
可以原谅一切　包括残酷的伤疤
就是不愿放过　每一丝谎言

神说　半寸的失误　会葬埋一生的疆土
为了我的王国　我必须
追究到底

最后一面

这也许　是最后一面
我的外公
被命运钉在冰凉的床板上
像受锢的耶稣　不能动弹

生命的喉　被岁月封住
他没有抗议的能力了
骨瘦如柴　一个
奄奄一息的　弥留的符号

人间的风　最后一次呼啸而来
带着外公全部沧桑的回忆
在窗前打转
外公没有眼泪了
他没有力气流泪　抗争
甚至无法　认真看我一眼
嘴唇动弹了很久　没有挤出一个字

终于感到　死亡是全部宇宙的王
没有谁能逃过它的手心
我渺小的愤怒　在这冰冷的红尘
着了火

书包好重啊　装满全世界的哀怨　和
命运的匕首

生平第一次面对生离死别
眼泪　是刀割心脏时
淌下的　透明的血

不可企及的梦

或许不再需要大把的钱财
我已在幻梦中厌倦了所有
我在梦中做过女王当过首富
成为过伟人缔造过传奇
我扳正了颠倒的世界扭转了混乱的乾坤
最终拯救了万千子民成为了千古救世主

而大梦醒来我明白世道之乱
年少的疯狂却气数已尽
我写着分文不值的诗
被现实嫌弃的可怜的虔诚
如褴褛的衣衫弃之风中

对这世界我尽现了年少的热忱
排队的梦想开始孕育皱纹
或许不再需要轰轰烈烈
我的风风火火已次第浇灭豪情在大梦中夭折
重回人间万物已变　毫无改变的只有我

从此我继续一穷二白一干二净
我要把世界远远抛在身后
也许死于一场秋风死于金黄的萧瑟

在闪电的追问下重拾思考的真相

我将用真实的活法亲手葬埋一切虚伪
在梦的回忆在这世界的中央

暴雨来袭

比夜的黑暗更诡异　阴霾的表演即将来临
乌云集合的抗议　代表上帝愤怒的脸
半张魔爪遮盖全部光明　瞬间黑白颠倒
我站在图书馆宽大玻璃面前　江山徽墨　岿然不动

俯瞰脚下卑微的匆忙　渺小的蚂蚁　可笑的甲壳虫
在未知恐吓下疯狂逃命　狼狈不堪
花花绿绿的蘑菇在风里摇摆
“黑云压城城欲摧”　人之力如此微弱啊
天上的鸡蛋下了油锅　冰冷的土地终于沸腾
浮躁的红尘灰尘黑尘　统统命丧狂风
我用无知的欢快幸灾乐祸

暴雨来袭　长久的沉默预知更大的危险
上天想用黑暗的幕布窒息我们
再附以魔咒的唾沫　威严的嘶吼
最肆无忌惮猖狂的法力
在摧枯拉朽里洗涤一切扫清一切

屋瓦连天　暴雨的击打酣畅淋漓
在屋顶盛开疯狂的蒸汽花朵
我压抑已久的心

和这暴虐的黑暗一起叛逆
长久的沉默
要一场爆发的宣泄方能收敛

雨过天晴
我看到一只蜇过人的蜜蜂在窗台上安息

越走越远

走得越远离自己越近
我抱紧自己才注意到呼吸

每次在我想要转身回头的时候
都被严厉的巴掌甩回来
现在一到天冷我的脸就会火辣辣地疼
每次想家我就把下巴搁在膝盖上
用力将眼眶里着火的液体咽回去

想到很累了我就睡着了
噩梦醒来继续发呆
每次都是南辕北辙毫不自知
我所到达的地方永远不是终点

不会再想逃跑了
越想离开就越被捆得严实
笨啊　或者是固执
每次都是出发离岸之后我才发现
我又搭错了船

影子

你　一个黑暗的轮廓
忧郁的阴影
21 克魂灵的画像　解析我沉默的哀乐
跟随我　形影不离

也许没有人能伤害你
这该是我今生　最无须担忧的守护
属于黑暗　却唯有光明能打开

我的肉体　就是你的魂灵
看到你我就知道　自己还活着
我赶不走你却爱上你的不离不弃
从头到尾从生到死
始终陪着我的
只有你
一个

露珠

夜深　我听到一滴水的心跳
那一瞬透明的下垂　像神降临的预示
由灵巧的下坠到饱满的跌落
这乖张凌厉的清脆　是虔者的梵音

在某个角落　在天湖的中心
那清澈的破碎像谁的饮泣
他从银河如雾般降落　凝结

玲珑的重量让草叶低头
成就了亲吻大地的夙愿
一片晶莹融入泥土
像风　缓慢地渗透

我屏息的梦
终于触到了一丝安宁

我不需要任何人的指引

“孩子　左边是莽林啊　要往右边去。”
我往右边　差点被淹没
“孩子　右边是沼泽　要往左边去。”
我往左边去　被毒蛇咬伤
我本来是要往中间去的

按照所谓的指引　总是犯可笑的大错
一个世界　在他人嘴里重复分割
白纸一张　被当成草稿用力涂抹
许多人告诉了我许多
却像没有任何人告诉我任何

一万个哈姆雷特里　哪个是真的？
天真的迷惘里　一万张嘴在说话
一万只胳臂在挥动　一万只眼睛望向我

我吸收了无数的光芒　上帝啊
最终却只看见黑夜
落得迷路的下场

局外人

水中望月　雾里看花
而我所看非花非月　是一头雾水

我不认识所有人　所有人不认识我
人类　这近亲的族类
此刻于我　竟比空气陌生

在疑惑里听到一群麻雀的尖叫
乌鸦的队伍是他们的脸
二郎腿　香烟　浮夸的赞美
恶心的献媚以及颠倒的荒诞
一屋子的笑脸是凋残的桃花

这不是属于我的热闹
我聚精会神　把自己坐成一堵墙
跟我说话的　是空气的回音和自发的幻觉

像泥鳅一样溜出这杂草般的人群
我突然觉得　真实地活着
是一件多么伟大且纯洁的事

牺牲

会有无数个烈士　来完成我今生的使命

从婴儿的至真到孩子的单纯
慢慢成熟　慢慢老去
看生命的夕阳罩上头顶　目光一天天暗下去

我一件件　从胸怀掏出　心肝的血肉
那些被沧桑捶打撕扯的元勋
在心田站成刚强的队列　站成我的名字

某一天　当我老去　在杂草丛生命运的坟头
为我牺牲的一切　为我的一切而牺牲的
为我的一切牺牲　筑一方宽大的墓碑
我的孩子　孩子的孩子　在墓前微笑

菊花肃穆安静　白鸽沉默
一方荣光的青草　为我看守睡宁
太阳啊　成了过去的我
我青史的目光
在日记的诗句里　永葬

如果我明白

物是人非了
如果我明白　就不会挪开脚步
让饱饮了期待的目光　溢出眼泪

所有的别离都是疼的
如果我明白　就不会让受够了爱的回忆
涌出惋惜　如果我明白
就不会如此决绝

多么惨烈
结局只是香灰一把
却让我费尽心力头破血流

不要打扰我

不要打扰我　像闸门
赶走我浩浩荡荡的诗情
不要斩断我灿烂的遐思　和
云游的目光

骄阳似火
烈焰般的光芒灼伤了我的额
我的心　我瘦弱的灵魂
一如干枯的树叶
在这沧桑的泥土之上
已然不易

不要打扰我　不要笑
岁月都在哭泣　眼泪流成了皱纹
我想在诗的世界里活得长久

趁着我还未老去
想扼住命运的张狂
用凌厉锋芒的眸光
斩断伪善邪恶的阻挡
不要打扰我　让我安静地
用我年轻的汹涌蓬勃的力量
飞蛾扑火般
活一场

肺气肿

它鼓得很大
但内里中空
犹如开不出的花朵
憋死我一万句呐喊
憋死了一腔真气

我用力吸气，没有觉得吸进去什么
我用力呼气，也没有觉得呼出了什么
不知道什么时候患上这种奇怪的病
跑步成为我最最害怕的事

扯着嗓门唱歌我只能唱出叹息般的低音
激动时我会觉得心不够用
医生说，姑娘，你的呼吸向来是错的
听到这句话我感到全身血液冰凉
活了二十年了
我最失败的便是
我连最基本的呼吸
都没有学会

惋惜之花

总有些惋惜　如匕首
扎进柔软的心
鲜血淋漓　毫不客气

纵然命运如此残酷
我单薄的心难过痛苦
依然　将这滴血的惋惜
描画成鲜红的烂漫之花

花瓣的颜色　和血是一样的
花上的露珠　和眼泪是一样的
我用心地描画
在生命的纸上　画出刻骨的痛

这一朵名叫惋惜的花
原来
人人命运里
都长有一朵

害怕自己

害怕固执发酵成一颗炸弹
害怕沉默变成真正的哑巴
害怕等待成为一块石头
害怕涅槃化为一堆灰烬
害怕天真比花瓣脆弱
害怕隐忍淹没执着
害怕孤独着火
害怕希望夭折
害怕在倔强中分裂
害怕在噩梦里迷路
害怕在愤怒中烧伤
害怕在冷漠中凝固
怕自己因大梦而委屈小命
怕自己因热爱而中毒身亡
害怕自己在向往中走火入魔
我的心愿长在骨髓里
过于疯狂
什么也不怕
唯有自己
令自己恐惧

静的声音

游离的幻念缠住我　跳舞的思绪
星的脸庞向我靠拢　微光是我心的碎念
我躺在海中巨大的岩石上
黑夜的巨手　一手遮天

所有寂静开始说话
排队的倾诉向我涌来
这绝对的静　掀起了一场骇浪

质的骚动开始上演
抽象的喧哗贯穿脑耳
光影斑驳
挡不住的夜的呓语在耳边盘旋
鬼魅的叹息　树叶的走动　灯光的滑行
各种刺耳尖叫挂满树梢
一万棵树的心跳　震耳欲聋

空茫的惆怅布满我
疑惑眉角是蝶在扇翅
我的身体盛满孤单咆哮的海水
黑夜在梦里潜行　大动干戈

我听见魂灵的梦呓
一切声息消散后
我才听见　心跳的自己

天国之花

天国之花
你盛开的辉煌是我汹涌的哀思
满腔的绝望扎进你的根下
那么遥远的距离我用力眺望
逆流的血液封住了我的声匣

扯断命运绷紧的苦弦
号啕　撕裂
你看不见
在天国平静的你
忘却一切与安详起舞
微笑如天使的羽翼　轻柔舒缓

在这沧桑的人世
不幸的我还将承受凌迟般割裂的疼痛
疼痛如天国之花盛开
如你的微笑

花香袭来
将我的心用力敲打
敲打出生命厚重的茧
敲碎你脱离记忆的枯败的遗颜

直到
我的感官被岁月麻木
忘记了你的
死去

迫切向往的生

生下来　为活而生
活下去　为生而活
生活过后最美好的结局
就是个漂亮的死
为一个简单的结局
你付出复杂艰辛的过程
在生的岔道口迷路
唯有死能给你答案?
绝望总能逼出你的智慧
往路徘徊泥泞　蜿蜒曲折
这确是命运必念的咒语
你在回环往复中绕出生的真谛
无此磅礴的纠葛总有答案
如何走出人所共仰的大气和浩瀚?
绝望时不敢哭安逸时不敢笑
总会有疼痛欺压你
捂住疼却忘记你还活着
而多数你所向往的生
也必是出现在
死过一次之后

第四辑

情怀·清澈少年

少年芒刺

少年的光芒企图刺杀太阳
他左手拎着秋风
右手举着风暴
双眼里放出一万把刀
年少的无所畏惧年少的所向无敌
少年的思想里长满荆棘
年轻的火焰吞噬冰山
有一份锋芒在泥土中发芽
我可贵的少年
我忧郁而饱满的年少
我总是破坏邪恶刺伤歪风的年少
世界啊不要刺伤我
我柔软的芒刺
仅仅是天真的叛逆
我刺伤的
永远是正义的叛徒

向阳花

如果可以
我很想逼迫命运长成她的样子
这太阳的女儿
有着砍不断的向往光明的脖子
如果可以
我想要统治这覆盖乌有的世界
主宰这庞大的落日的海洋
她的脸庞里写满孩子的天真
筋脉血液里长满雪亮的眼睛
无数次我梦见自己变成一株向阳花
我直视太阳的瞳孔不曾生疼
低头的沉默像一千个淳朴的子民
多少年少轻狂无从磋商的秘密
和着眼泪温顺地流下
而高昂的头颅像举起的手掌
全部向着太阳冲出来呐喊

栀子香

明天你就要走
如这季节　不可挽留
人间万物恍如隔世

回忆潺潺如溪
两岸开满栀子小花
我在香气中迷路
花瓣缠绕花枝
如我泪光闪烁

赠你我的心　喻之为花瓣
赠你我的诗　喻之为赞歌
赠你怀念如雪　赠你思绪如风
赠你我的目光　喻为皎白之月

前路漫漫　赠你滂滂祝祷
如新日之光
照在你我盛年开放的
栀子香

原谅我早已忘记

忘记了
原谅我早已忘记来时的路
经过太多地方
我也会视线疲惫
所有的路都长着一副模样
我愚笨的脚分辨不出方向
都回去了　或者已经走远
一切转到原点　我还是我
你是不是　还是你
再想起你的名字
就是掀起一整个宇宙的云朵
我看见的只是风景
我早已不会联想
那风景之外的故事
原谅我早已忘记
一切都开始模糊了
在我活得越来越清晰的时候

必要时我也能放弃

这一场解脱让我沉沉入眠
像战后的休养生息
夕阳西下　山的肩头不再背负重荷

梦里我拖着散架的骨头　要回家了
我遇到无数的乞丐、杨柳和蒲公英
湖面布满陌生的影子
被风打碎又靠拢

我说我就要放弃了
我说终于已经放弃了
我说我现在解脱了
我说我身轻如燕可以飞天了

我想笑　我笑了 我很久没有这样笑了
我笑得脸颊抽筋牙根发抖
没有人知道我逆流的泪穿肠过肚
没有人知道我醒来时枕头打湿

每年的三月都一样

又到三月了　故友相逢
我和三月　是不渝的知己
回忆里　三月的影子和我重叠
三月深处
桃花殷红若醉的脸
像我婴孩时的嫩颜
水一般的无邪　烈火般绽放
在美丽山冈铺开
我在三月学会说话
对着青山喊出烂漫的清脆
交响着田间的布谷
现如今　花枝苍虬
童颜逝去
人面桃花相映红
所有人都说物是人非
青山遮不住皱纹
不是啊
桃花依旧是桃花
我依旧是　那个孩子

一片落叶钻进我家

它撞进来
跌落于匆忙脚印周围
风把它折进影子
哦　它还在挣扎
旋转着钻入门缝
恍若灵巧的腰肢
多轻盈的女人
步下莲风习习羽衣如扇
你被谁追赶而来
这匆忙的十月满街白灰
唯有我窗门大开
立身之处如此难寻
原谅你打搅我洁白的清梦
自从你金黄身影如闪电飘来
我才看到秋天于你
是如此逊色

只有在你眼里

多少的所谓　其实都可以
无所谓
越是人多的地方　越会清冷

只有在你恋慕我灿烂的盛年时
我全身的细胞才会　向阳而笑
而隐藏的泪　拼命浇灌柔软的根

伴随喜悦
第一次的害怕便汹涌袭来
只有在你眼里我才会开始害怕

怕老去和别离
怕夕阳迟暮
怕万物的遗迹
和　岁月带来的结局

遇见紫藤萝

一帘幽梦　拉开困顿之眸
在诧异的惊艳之后
我看到一世界紫色的云朵

抬头　低头　我不知所措
惊讶的目光忘了收缩
华丽重叠的紫色裙摆
浩浩漾漾　四面展开

虬密的花枝像我年少璀璨的心事
簇拥着待放的花骨朵
羞涩的香气瓣间游离
阳光下风华绝代的合影

我偶逢了对手　也遇上了知己
在花香张狂的锐气下
我的思绪如植物一样蓬勃生长
紫气东来

白色芦苇花

她们烂漫而孤独
在远离白云的地方
做柔软的梦
长出茫茫的纯洁

我站在仅能看到的地方
而清楚体察到忧伤
沉重陷入轻盈
我平静　我不说话

天那么高　一切那么模糊
太轻的东西总是很难抓住
谁也无法从水中捞出一把芦苇花
很轻　就应该飞走
我站在这里是个错

不要问我原因　不要探询
我看到轻盈就想起离开
看到翅膀就想飞走

像风带走芦苇花
带我逃走吧　求求你——
带我逃走

海子，春天来了

如果你还在　这春暖花开里
又多了　辉煌的一朵

想起你决绝地离开
天才的心逃脱了大地的痛楚
铁的爪牙下你盛开成一朵血红的花

多少迷惘的孩子在你梦的目光里沉醉　希冀
然而这世界拖累了你　你用一颗最脆弱单纯的心
竟赋予灵魂如此沉重的梦想
伟大的诗句里爬满忧伤的青藤
枝枝蔓蔓　将你窒息

那个告别　让软弱的人在诗歌面前畏于前行
害怕撕心的痛苦　绝望里分裂崩溃
如今痛苦过去　新生的雀跃挂满春的角落
你闪电的诗句劈开了前行的混沌
每一种热爱都是要单纯的虔诚啊

你光辉的头颅成了人间诗歌的太阳
沉默是你　安静洁白的牙齿
单纯贫苦的暗窗　关住　内心如海的惊涛骇浪

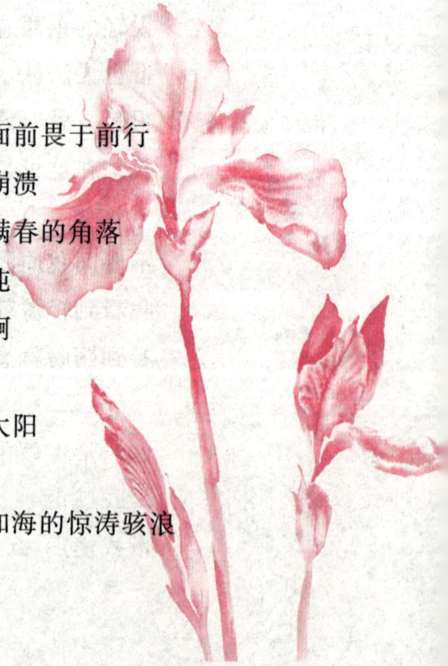

庞大的王国伫立在你的手掌

海子　春天来了　你梦的王国即将出现
眼前每一朵花
都像你诗句的绽放

秋天的童话

回来吧　我的童话
小时候坐在田埂和山花里
对着白云做梦的童话
被你热烈的爱捆绑的无邪的童话
全世界都变了　但我没有
我举世无双的我我独一无二的我
躲在旷野里泣奠我旷世忧伤的我
躺在枫树下收容火焰的我
在每一个秋天都像个精灵的小孩
遍地寻找花花的糖纸和金黄的果子
我的秋天又回来了
我所有的亲爱在高高的天上发芽
你坐着白云来找我
你坐在火红的枫树顶上远远看着我
你说出那些誓言吧　我忘记害羞
这个秋天我吞噬所有的浪漫
我容许所有的疯狂
我爱上一切的温良和优美
上帝垂青我的一切
一切的我开始童话的复活

秋天一过

我不想告诉自己结局
就算窥探到预示
我也假装不知
从一片树叶进入秋天
我变得单薄而脆弱
呼吸变凉
我知道某种结束正在开始
秋天一过　他们就要凋落
我突然舍不得天下所有的叶子
我一直在想怎样才能彻底保护他们
我总希望来年我看到的
还是原来的他们
我总希望他们只是一群
暂离家乡的孩子

等一朵花开

为了等一朵花开
我失眠了一夜
朦朦胧胧，如梦如醒
一大片水仙在碧波里摇摆
清亮的水沼
摇曳着满怀冰凉的星光
向我走来

淡白素雅的花瓣，笑得嫣然
它在招手，对我说，过来，过来
看不到水的深不见底
只看到美的不可言喻
生命这样深藏不露
如粼波中撕扯出的狰狞

我奋力扑去
只盼拥抱着满怀淡雅的清香
玩弄人是噩梦的本质
我和虚幻握了次手
阳光交织成邪恶的网
我看见的不是花开
是梦境

桌上的昙花　如梦
一谢后瞬间凋零

不要逼我说出那些忧伤

我不想说
没有必要说
像你爱着一个人
说不出爱的理由

不要逼我用力倾诉
用回忆抽丝剥茧
撕裂我心疼的伤口

有些痛苦无从诉说
因为诉说本身就是个错
当你开口解释一句诗的美
就已经　亲手扼杀了它的美

不要逼我把疼痛的花香变成词语
不要让轻盈变成麻木
过去的终将过去
我将继续沉默

那已经疼成了化石的记忆
从此交给时间去打理

春天的落叶

是不是冬的回光返照
那么多的叶子　在春的香气里哀哭
一个人苦到头了　开花的幸福之前
是不是　还要脱一层皮

都是在为一个结局而熬着
用未知的希望扶住生的热情
栀子花的香气过于凌烈　刺鼻
落叶倾洒暮雪般
想淹没这盛大的芬芳

树上的落叶潇潇洒洒
树下的花开轰轰烈烈
路上的行人浑浑噩噩
这个春天　充满年华全部盛衰

空白的解释

我无比抗拒杂质或污点
用力摒弃眼眶之外烟尘的风景
而复杂在近处觊觎　如火
企图吞噬我结冰的心

一切从白中开始　历经被玷污的劫难
再在一场毁灭中回归于洁白
而危险就藏于白色花朵

一张白纸　注定要学会在遗忘中存活
应该像死水一样不惹人注意
无知到彻底便是明哲保身
从此我要假装　什么也看不见
我要爱上沉默并学会与世无争

原谅我手握真知却不说话
言辞本身阻碍了隐喻
白
本身就是巨大的解释

雪之女王

是一场大雪覆盖的忧伤
在脚底加强寂静的重量，这绝对的白
堪称一场耀眼的沉默

比水剔透的光明之女，体内有分明的四季
清晰的日夜，以及哲学的逻辑。

她合拢昼夜张开的羽翅，洗白沉冤的往事，
在薪火燃尽时，宣告光明际遇的来临。

应该为天生的洁白供奉我的虔诚
这纯粹的白哽咽了饱满的喉咙
天晴之前她已经瓦解了全部尖锐和残忍
覆灭了肮脏并开出白色小花

为一切清澈的始母，流一滴泪
雪之女王，她附身每一片雪花而开拓全部的雪原
她饮下无色的孤独，在无光的光中
愈合了黑暗留下的伤痕

那不是秘密

为死守的坦率的固执
捂住命运的嘴
黑暗里　我站成了一尊雕塑

许多话　无法言说　许久没说
最终成为禁闭　孤独着　陪我老死
哭泣的花瓣一层层　最终将自己
窒息

没有伤害　没有功利　没有因果报应
只有一片沉默　挂在冷秋的枝头
这就是　我全部的秘密
我的心　忧郁的
化石

我常常突然想笑

我常常突然想笑
脸笑心不笑　皮笑肉不笑
笑完之后　背脊骨发凉
全身肌肉有抽筋症状

接下来我就想哭
为冷漠忏悔　并怜悯悲哀
我说天怎么那么黑
世道怎么如此荒芜
不怕死的人　怎么那么多

这可悲的事实让脸颊挤出刀锋般的笑意
我想多数的天黑是因为　乌鸦太多
不怕死的人　多数感到生不如死
心若不是凉透　笑又怎么会寒冷

原谅我常常突然想笑　刚刚我又笑了
天花板都在颤抖　掉着冰冷的灰尘
这世界让我哭到想吐　偶尔笑一笑
我发现原来我的脸还长在脖子上
还在炎凉中训练表情

血落下来

这么的纯洁
堪比雪
她不紧不慢地滴落
慎重　轻盈
落在我白色连衣裙上
开起一朵朵红色小花
迫切的心跳挤满了小小的受伤的手指
如果不是痛　我会一直忘记她还活着
我侵略了一个弱小的王国
完整的手指小片被分割
她很痛　流着火焰般的泪
隐忍的红河在掌心蔓延
我在白裙的花朵里看到满世界的凋零
血落下来　缓缓地　缓缓地
滴落　滴落　滴落
夏天凋零的花朵……

一个人躲在浴室里哭

太委屈了　眼眶决堤
我不明白罪孽究竟藏在哪里
哭声惊动了乌鸦
而我想惊动的仅仅是命运
一切长在我身上都是多余
一切长在我身上都是命苦
一个人躲在浴室里大哭
回音是宇宙深处的呐喊
凄凉在天花板荡漾
泡泡、泡泡、都是泡泡
灯光下媚笑的泡泡
我坐在弥漫的泡泡里
找不到相依为命的影子

小罗曼蒂克

这里所有的花　都是我的
一整个春天　都是我的
天下　也全是我的
突然的富有让我回想起从前的疏忽、
爱啊　这甜蜜的风景　应该早早抓住
你从山花烂漫中走来　亲切的光环不可言喻
只赠我一个字　就缔造了两个人的江山
全世界　从蒲公英的翅膀上降落
从此一切归我所有　我就是你的女王
看着我　一万朵花跟随目光盛放
你说　宝贝我们去树下捡花瓣
去抓那些　甜蜜的闪电击落的　爱的萤火
天空准许我们年轻白云准许我们忘乎所以
小小罗曼蒂克
落满一地花色的糖果

远方

这是我灵魂的烟火
终于逃遁了世俗的暗　重见了天日
在那群峦的叠起中
大气的连绵曲线　托着我泪的希冀
疲惫而欣喜地向着光辉之地延伸
那是一条龙啊　巨龙
盘桓于期盼已久的视线
终于将力量注满脊梁
在我眼眶的大门口　看太阳升起
山与山连起的温和曲线
曲线交叉的地方　曙光来了
我终于看得够远　很远很远
到未来的向往之地　穷目远眺
现在我终于看到了
再没有什么　能抵挡我
遮蔽我磅礴的视线

晚秋

必将是一道萧瑟
悉数击落秋天路上的松果
金黄满地掩埋白花和暗发的情愫
在一整片枯黄的橡树林下
我清亮的感怀此刻更为羞怯

你被多事之秋驱赶而来
脚步匆忙眼眶飘满落叶
一切都变得深沉我一无所有
唯有燃烧童话驱赶雾霭

喜悦从未走远比季节更替还要快
又如惊呼般火红的枫枝
让唯一的凉亭涂上暖色
站在树下看见燃烧的天

一切都静下来狂风绕道而行
将时间化为词语阻挡悲凉来袭
秋天之前你梦见无数条被落叶阻挡的路
梦见被大雾遮盖的天空和故土

该来的终将到来你要做好准备
总是记起的你就要统统深埋
容易忘记的那些晚来的秋色
你都该郑重地拾起

绣花

我是在绣一朵　名字叫诗的　花
这艰难的　手指的漫长跋涉
开端就是让针尖噬血
红花开于白绫　艰辛的颜色是我
亲手染上　然后　汗的浸染
晕开模糊的棱角
花与花的依偎　布满指尖与针的威胁
总有一天　我要制服这渺小锐利的针尖
让他听命我手指和意念的派遣
那时　素锦生花　朵朵灿烂
诗意里盛开火红
那火红　是我的笑
我掌心孕育的果实

第五辑

梦·伟大的独泣

锋

一出鞘　即杀死成批的目光
冬日雪霜纷纷落地
太阳的高傲被折回
我拥有这宝剑　寒冬出生的
凛冽之物

无废话无奉承
此刻正觊觎大风河畔的一排香樟
江水如练　晃眼
它正学着闪电　蜇伤人光洁的额头
并日夜用痛苦熬药　炼就坚硬骨头

锋芒削木如泥
清澈的光芒令人误解

骨头越硬的人越孤独
此刻它还在梦中沉睡
独孤求败
独孤求败

你是不是诗人

是诗人就能让石头开花
你若喜欢性感　还能让花枝更招展些
最爱仰天狂饮　把月亮醉趴在酒杯
你坐在尘世的石头上狂笑，桃林跟着你花枝乱颤
枕着芳草露珠夜半起舞，乌鸦白鹤在房前守护

笔下行云笔下流水笔下生风笔下惊雷
是诗人能让仙女下凡让闪电成为灵感
你下笔有神招来魂魄三千
纸上乾坤做起了潇洒的王
天地阴阳行走自如　鬼神对你倾诉
雪花在你笔下倒立着跳舞

是诗人就能让白云尖叫白纸长满谛视的眼睛
是诗人就能让流水落花不随春去
你解救今生的望夫石　站在来生的路上勾勒前世
哦　等到回头你发现早已成仙
衣袂生风发丝如雪，用词语点化天下苦命的思念

是不是诗人啊　你到底是不是诗人
是诗人必有一颗善于开花的心
五彩舍利长满于诗句，你痛吗？
摸得到痛的，才是诗人

太阳的新娘

柔软和光明次第醒来
在辽阔尽头　红色星球开始升起
太阳的新娘降临人间

黑夜洗去了未知的恐惧
被清理过的世界崭新明亮
地大天空　玉宇澄澈
我从此嫁给太阳　光明的始祖

我的家园在东西南北
从此灾难之处布满新生
用我瞳孔的光明化解伤害
白色洗去魂灵的污点
世界清澈　泥土布满芬芳

而我的父亲
光明由你馈赠
你是隐退的上一个太阳
今夜我是全世界的母亲和爱人
我的怀抱为寒冷而准备
我的笑是升起的月亮

我要携橄榄枝安慰冰冷憔悴的哭泣
用信仰搀扶日落前苍老的背影
爱我吧　我的世界　我的祖国
爱我　我爱的人　我的太阳
我是太阳的新娘　光明的信使
愿人人有爱，天下太平

三生石

用你一句温热的诗
暖我三生冰凉的期待
用你的眸光撑开满心的蓓蕾
一念的深情抵过春天的花园
我心的灿阳浇开这艳阳的天
用我几世的微笑
换一个阳春满树的桃花
只为　等你路过时瑞雪般落下
降于你的肩　你的发
盼你伸手的一接
如前世的前世的离别
泪光里宿命的一切

我独自一人

我独自一人　走这漆黑之路
一人　无碍——

独自一人　手握光明而无战争
一人去哭去笑　去踏芳草
抱紧婴儿的赤诚
在雪山般圣洁的引领下
独自前行

我独自一人　升起生命的焰火
一人　咀嚼寂寥的心寒
一人走在无人回应之旷
与梦谈论无答案的玄思
一人　将永不担心别离

我一人沉睡　一人清醒
一人追赶落日
独自一人
包容万象　广纳真知

所有推门而入的我都将净身相见
生啊　这过往的风声　随牧草岁岁荣枯
所有遇到的　终将逝去
我独自一人　在这宽广的路上
走向毁灭　走向重生

一朵花在水中盛开

一朵花在水中盛开
演绎了一种
惊心动魄的慢……

枯败的躯瓣四面伸展
摇曳着倾城的舞姿
如婴儿初睁的眼　开始明亮的复生

屈伸的姿态大方潇洒
错综的经脉一瞬间百流交汇
水的韧性　原来能打开血管的僵硬

一朵花在水中盛开
像我掌心蔓延的诗句
倒影在　清香的菊花茶杯

榨干你的眼泪

我很想做一做上帝
王杖里主宰生杀大权
善者善终　恶者得到应有下场
美好在诗意里升华　除了这些
最好还要有　布满玫瑰花瓣的背景
草原的烈马　平静的湖　无瑕的云朵
让魂灵的光辉　收服你挑剔的眼
我最爱的　最朴素的目的　就是
榨干你良善的泪水　看看世人的心
有多柔软　我就是要把石头都融化
让死亡在悲剧里升华
让你按住心疼的胸口
承认　良心的存在
一切的爱都不是上帝的主宰
是良知的跳动
是你忧伤的意愿和想象
是　心的温度
告别了冷漠

渐渐地我不再害怕痛

偶尔我情愿做块石头
最后选择慢慢变成石头
闪电的疑虑藏于石心
因此我常常缄默
我害怕喊出某些残忍
我怕谎言击破后阴谋的战争
我怕火花四溅山峦崩溃
怕伤口撕裂开疼痛不可收拾
夜里我清点模糊的过往
某种回忆在胸口抽搐
我听到海的呼啸自树梢袭来
疼痛跟着它游离四窜
你觉得在眼角　其实在下巴
你按住肋骨　它到了脚底
真正的疼是抓不住的幽灵
最后我疼成一条河流疼成盛血的器皿
疼到痛与眼泪混合　分不清两种酸涩
最后我干脆让疼痛更痛
原来痛的尽头已经不是痛已经忽略痛
痛到快要窒息时
我疼成放任自流疼成麻木自若
我听见波涛唱起忧郁的歌

星光铺在河面　疼痛开始减缓
我在疼痛中自我安慰自我痊愈
终于忘记童年扎针的恐惧
我记起痛的过程像一场凄美的盛开
渐渐地我不再害怕痛
我对疼痛已经有了强大的免疫

天鹅不孤独

白天鹅太白了　孤独
黑天鹅太黑了　孤独
不白不黑的天鹅太丑了　孤独
一群天鹅在一起玩　貌合神离
孤独
一群天鹅在一起飞　一串符号
天空跟着孤独　翅膀跟着孤独
一群天鹅一起远去
剩下的黑点孤独　白云也孤独
最后黑点消失白云消失
我感到我的多余　我想消失
一切都消失了　为什么我还在这里
在目睹孤独之后我发现原来孤独的人是我
白天鹅白　纯洁
黑天鹅黑　高贵
灰天鹅灰　朴素
一群天鹅在一起飞　真美
我不黑不白也不丑　我为什么孤独
一群天鹅十二只　不孤独
我住在几十万的人堆里
我为什么孤独
我为什么孤独
我为什么孤独

原谅我无端的哭泣

不是我一定要哭
是眼泪　一定要往外流
它比一首悲伤的诗　来得更快

原谅我无端的眼泪
闭上眼　还在溢出

看到太多了　我要放出眼泪
装下更多空白

我要让一切的无端成为无泪之端
他们说一个人的眼泪是有数的
愿这世上所有见过我哭泣的人
都是我一切绝望的送终人

很冷

我断定
我一直断定
我倔强地断定
多数人比杀手更可怕
我见过杀手流泪
而多数不会流泪的人
才是真正的
杀人不眨眼
这世界早已干枯了
我踩着石头前进
目光被石头打回
某些冷漠
时常让我发抖

风碑

如此空旷
无形　无声　无人烟
只有无脚印的风
一遍遍走过
这站立的巨石
被磨成符号　终结一切的词语
风的敲打锲而不舍
隐喻的言谈在坚硬中水滴石穿
一千年过去
消散的未能湮灭历史
石头不腐　风声依旧顽固
你能看见的
是站立的碑石
而斑驳写满风的沧桑
是远古的文字

伟大的独泣——致叶赛宁

因为脆弱　所以孤独显得庞大
你站在注定的宿命中　一切诠释成为重点
过于认真或单纯是杀人的匕首
你是空白中突出的一点
所有的包围都是侵略

不可争辩的正义必将遭遇苦难的荆棘
疯狂的纯洁终成为自灭的火焰
而孤独更如深渊　伴随某种陌生的推移
幻想、绝望、对立撕扯出你疼痛的诗句
吞噬你的是冷色的铁蹄
坚硬的　无从解释的害怕

多少理智可以在时代的黑洞里打亮眼睛
何况不会有亲切的未知不会有永生的爱
也没有在摧毁下仁慈的手掌
我总是梦见你站在田野上哭泣
你绝望的抗争在词语中历经炼狱
这是一场梦魇般漫长的涅槃
一切的陌生在灰色中集合　一人之力无力回天

所有前进的铁蹄都是对你的踏穿
击碎你的童话　你的家乡和田园　你的梦
干枯的风景那么寒冷　湿漉漉的大街那么寒冷
你捧着即将死去的躯壳般麻木的心跳
绝望湮没希冀的无着落的憧憬
消失的爱和寄托　全是风暴卷走的叹息

当眼泪流干或无须再流
当挣扎已经虚脱恐惧本身成为习惯
生　就是一场悲剧的完结
你躺在泥土的香气中咀嚼失望
一根绳索的命运如你　系住的唯有死亡的冷

没人看见你最后一刻的孤独
后续只能留给历史　你唯能在解读中重生
因此我总是梦见你的哭　孩子般无助的抽泣
旷世的苍凉吹动白桦的叶子
背影融入巨大的落日　像血染的画
悲伤刻画了你　写进历史不可改变的骨头

你痛着　却让一切那么清晰
哭泣为你铸造了丰碑
多少人膜拜在你面前
收容你前世的泪水

空虚者

你没有灵魂
站在一张畸形的白纸后面
你张牙舞爪的影子　没有骨风
用凌乱的众言　织出残破之网
活着如谎言　漏洞百出
被虚妄之魅掏空　然后自欺欺人
在牛角中钻出尖锐狭窄的心胸
说着参天的大话做着流水账的大梦
醒过来你只是渺小尘埃
穿得再厚你也会冷
站在道路中间你找不到路
灯光下只能看到黑
静止时你会躁动
多数人形容此为行尸走肉
其实更像无依的三魄
不要对我喊出你的空虚
一阵冷风吹过
我浑身都打起寒战

第六辑

沉思·每当我寂静

秋天的大街

不需要刻意隐瞒　这样的季节
就是要跟随内心陷入沉默
把说话的权利　交给漫天飞舞的叶子

不要狡辩——
是需要的　有时需要一叶障目
去挡住残酷的风景　于是
一整条秋天的大街
都集体患上哑症和伤风

站在大街尽头的人眺望另一个尽头
马上感觉忧伤从脚底升起　没有车水马龙
街心庞大的甲虫孤单而笨重
它扬长而去的尾巴拖出绝望的灰尘

最适宜双脚寂静的迈踱
在电影背景的抽象里拖动长长的影子
白天你接住落下的叶子
晚上抬头瞻仰月光　大街空无一人

不要回头　不要让目光拥挤
你跟随全部沉默的身躯而行
满地的星光都在说话　叶片翻飞
秋天的大街上
你就是唯一活着的风景

别喊我

你应该是看到秋天　然后
不可抑制地想起我　想我
像簌簌的落叶　不可阻挡
所有宁静中辛酸的回忆
都是无法制止的秋风般的入侵
别喊我　喊着我你会更想我
喊着我　你的眼泪会和黄叶
一起落下　会封锁不了自己的脚步
想攀上火的枫枝　把思念昭告天下
触不到的疼痛的委屈使你坐立不安
而喉咙连着心脏　你喊一声
秋天就开始发抖　你的声音开始发抖
伪装的坚毅开始土崩瓦解
别喊我啊　这不该是一场宣泄
你吐出的每一个字
都像秋风打落果子
而我的名字
是你一切秋风萧瑟的源头

李斯特的旋律

让我虔诚地活着　触着灵魂的筋脉
生动地站立在命运面前
就此死去也没有遗憾
这旋律　这心的跳动　这溶于心扉的甜
这嵌于灵魂的温热的感动
这流于血液的轻盈又深沉的魔音
这是花园的芬芳　旷野的茵绿
寂海的翔鸥　溪谷的幽泉
这美妙的乐章　让我的心沉睡在此　又翱翔于此
有什么在心间轻轻跳跃　如晨鸟之歌
于我忧郁的心　是柔暖的抚慰　弹琴般
弹开了三月的桃花　七月的幽香　九月的圣果
拨开满世烂漫的芳姿与翻腾的雀跃
我的心　在这圣音的流淌下
热泪盈眶

狗尾巴花

再往前推二十二年，我还没出生的时候，
多少孩子像狗尾巴草一样长大，
爷爷说穷人家的孩子要像草一样坚韧
要有苦难的刀子杀不死的勇气

再寒冷也要开花　越朴素的花越硬朗。
每次看到狗尾巴花就想起我的童年，
在原野花丛里飞奔的童年，像野草一样
摔倒了马上站起来从不知道痛的童年

那时的天下我没有敌手我的世界开满了鲜花
现在我越活越胆小，越活越羸弱
像一根坏掉的豆芽长着长着脑袋歪进泥里
强求是悲苦，知道得越多越畏首畏尾，

它们还在不停地开花　每年那个时候
我就采一大把尾巴花抱回家
我抱着它们像抱着我的童年　闻着花香我想哭

我跑得太快都回不去了我多想能停下来
多希望能站在草的命运面前反省
我真想问问 为什么我活着　还没有尾巴花的勇气

黑夜是个什么东西

两个白昼的压迫　形成了消瘦的夜
像我被怪梦摧残的　疲惫的黑眼圈
黑夜像慈祥的爷爷　辅佐我安静的思绪
收拾张狂的心翅　安歇下听古老的故事

我想不明白是什么光线刻画了我的影子
镜子里的黑夜不真实
阴影总是让我犯晕　我睡着　黑夜就死了

每一天　黑夜和我一起安歇
和我一样　枕着自己的影子
做梦　我醒来的时候他已经走了

我不是合格的词语建筑师

将文字栽入手指
期望倚着东风开一朵花
行云有此多情　而流水并无他意

我依旧只是　南山傍着篱笆的菊
每日饮啄清晨之露开放
在盛大夕光中收蕊

我不算合格的词语建筑师
借万物之美　我只会简单表达我的赞叹
手指磨断未必绕出半句婉转
多少的兰花指指错了地方

我不是合格的词语建筑师　只是痛
想要喊出
当所有人感到心寒的时候
我写诗　就是收集人间温暖的烟火

爸爸，不要担心我

爸爸　不要担心我　我已经长大了
此刻开始　赤着脚　在冰冷或焦灼的大地
无论满脸沙尘　还是风声鹤唳　我都不应该害怕

我无法阻挡　岁月　在你的额上添那么多皱纹
看风沙涌上你干枯的眸　吸干你沸腾的泪水
布满血丝的　疲惫的瞳孔　在我的生命
开满心疼的花朵　我要站起　不能永远躲在
你沙漠一样的手心

爸爸　不要担心我　时间走了那么久
该打转了　该轮到　我为你准备脊梁和希望
为你拂去额上的沧桑　为你和妈妈　做最优秀的孩子
满世黑色的尘土　我一人之力
扭不转整个沉重的乾坤　但在信念的目光下
我的心　要变得比宇宙强大

爸爸　不要担心我
不要害怕我会跌倒　哭泣　痛苦　迷惘
贫穷、饥饿、孤独、寒冷、无助、失意
世界有其摧残的魔爪　世界可以为所欲为
用浮躁榨干我的热血　夺走相信或依赖

再将信念击碎　冰冻我天真的愿景　凝固我
灿烂的笑　全部的　灰败我头顶和脚下的土地
我还是我　我依然活着

爸爸　不要担心我　命运想要造就一个人
必用其最凌厉的手段和苛刻的期望
用凉风刺骨般的目光　最严肃的言辞
打在他疼痛的脊梁上　如驱赶烈日下的耕牛
鞭策暴雨下的骏马　让他流血　流泪
所有的残忍
用我年轻的灵魂去阻挡

爸爸　不要担心我　无论倔强或固执
用真心筑一座梦的堡垒　终有一天
我会以王的姿态站立
在那样的殿堂里　对你和妈妈微笑
我要在你的目光下　拨开这世界的温和
与苦难　做公平的战斗

为何

为何我如此尖锐　周身长满透明的刺
为何我白色的风衣布满黑夜
为何我忧郁的保护毫无道理
为何我疼痛的直觉胜过蝙蝠的触角
为何人世的悲伤总是被我看见
为何闭上眼依旧风声鹤唳
为何越想倾诉越无法倾诉
为何每个字都是针尖　落伤无痕
为何一切这么复杂
为何天这么黑为何光明带着刺
为何我的疑惑无人给出答案
为何一切的梦都如此艰辛
就算我决定放弃　也迫切想知道
为何我会　活得如此忧郁

为何我要告诉世界的
总是如此　难以言传

该如何表达我的内心

无数次拿起又放下
一支笔在手心攥得发烫
倾诉的心声排山倒海
争先恐后堵在喉咙
生命有太多话想说
缺乏理智让我手忙脚乱
像拄着拐杖的笔在黑夜里探路
每一行诗句的诞生
都像在找寻未知之悬的答案
这过程是大地的分娩　黎明的降生
美的荆棘刺伤了我
这陷于迷狂的未知
孤独的眸光告诉我
我需要倾诉
需要说出那些清澈的秘密
活着　最让我害怕的不是一切的离去
而是就快要离去了
还没有说出　想说的一切

静秋

怎来得如此悄无声息
柔风一般　寻不到踪迹
冰凉湖水般纯澈　处子的眸　透明
掬一掌的秋水　晶莹如幸福的泪
白光折射着盛满萧瑟的凛冽之气
锋芒照亮我阴霾的额　清凉如命运的欣喜
这静秋　藏着太多的遐思和想象
如火焰　如风　如雷电　更多如水
安静是它的内心　是它空旷的魂灵
如一个执着的女子
紧闭着嘴唇呐喊叹息
这秋　我怎样去读懂
淡　如深湖的水　看不到边际
静　像已然死去　闻不到生的气息
它不是季节　是一幽谷的兰
东篱的菊　淡雅飘满了天宇
这秋意清冷的风华
我拿不走一丝澈亮的光芒
只在这静秋里
驻满怀纯美璀璨的星光

透明

我活着　一目了然
不算抽象　也绝非具体
从母体降生　下沉于水底
我是女孩　是水的童年
长大了依然讨厌邪恶，对复杂装聋作哑
祈望在森林的怀抱　睡入密麻的绿
如果追逐我　用目光跟踪我
我会躲　揣摩我是没用的
我是透明　能看见我的
也唯有透明

我想成为花木兰

一颗心　与面容相反
柔弱女子　清秀被硝烟掩盖
尘土淹没脆弱之骨
不敢想象的事情太多
我说　我想成为花木兰
说出这句话的时候
尘埃都在冷笑
一滴血可以浇灭多少狂暴的气焰
感动多少嚣恶的魔爪
不是力不从心　是命运的枷锁和叹息
汗与泪水流干后　不是果实的盛开
是我　一朵花的枯死
最好不要有战争　不要暴乱
用安宁钳住我骛远的大梦
手掌的器皿装下更多安宁成熟之果
不要虚伪
我的年少轻狂正在蠢蠢欲动
专等着对邪恶
背地里放箭